돌샘의 인성동화 시리즈 ① 효·사랑 편

꽃상여 편지

돌샘의 인성동화 시리즈 1 효·사랑 편

꽃상여 편지

이석선 지음

생각나눔

꽃상여[1] 편지

“야, 이 자식아, 네가 뭔데 나서? 네가 반장이야?”

“그러니까 왜 여자애를 괴롭히냐고?”

“다리 병신이 진짜 별꼴이야.”

“뭐? 다리 병신? 내가 왜 다리 병신이야!”

“우리 엄마가 너 다리 병신이었다고 그랬어!”

두 아이가 서로 눈을 부라리며 씩씩거렸다. 그때 선생님이 들어왔다.

“지금 뭐 하는 거야? 친구끼리 사이좋게 지내지 않고 왜 싸워? 강식이 넌 얼마 전에도 싸웠잖아. 오늘은 무엇 때문에 또 싸운 거야?”

---

1 꽃상여 죽은 사람을 묘지까지 운반하는 꽃으로 꾸민 기구(출처: 네이버 어학사전)

"쟤가 여자애를 괴롭히잖아요."

"뭐? 또 그 이유야? 지난번에도 그것 때문에 싸웠잖아."

"이번엔 안 되겠다. 너, 뒤에 가서 서 있어. 뭘 잘못했는지 충분히 반성하고 나서 선생님한테 오너라."

"선생님! 힘센 남자가 여자를 때리면 안 되잖아요? 그래서 제가 싸운 거예요. 그게 무슨 잘못이에요?"

강식이가 선생님을 쳐다보며 당연하다는 듯이 말했다.

"뭐라고? 그럼 여자애를 괴롭히고 때리는 남자애와는 무조건 싸워도 된다는 거야?"

"전 그렇게 생각해요. 여자애를 때리는 애들과는 계속 싸울 거예요."

"뭐?"

강식이는 당당하게 교실 뒤쪽으로 걸어가 서 있었다. 선생님은 어이없다는 표정을 지었다.

곧 종례가 시작되었다.

"내일은 즐거운 소풍이다. 오늘은 빨리 마치도록 하

겠다. 집에 가서 준비하도록 해라."

아이들이 "야!" 하고 환호성을 질렀다.

"야, 이놈의 손아! 왜 이렇게 늦었어? 빨리 와서 할머니 일도 도와주고 아픈 니 애비 발도 좀 주물러 주고 해야지."

할머니가 화를 내며 강식이를 다그쳤다.

"늦을 일이 있었단 말이에요."

강식이가 뾰로통한 표정으로 말했다.

"지 새끼 다리 고치겠다고 그렇게 뛰어다니더만 막상 지 새끼 다리가 낫고 나니, 이제 지 몸이 탈이 나서 저렇게 누워있네. 아이고, 내 팔자야."

할머니가 여느 때처럼 넋두리를 늘어놓았다. 강식이도 오래전에 아버지가 자신을 업고 병원 같은 데를 자주 다녔고, 또 자신의 손을 잡고 걷기 연습을 자주 시킨 사실은 어렴풋이 기억났지만, 대수롭지 않게 생각하고 있었다. 강식이가 할머니의 눈치를 살피며 말했다.

"할머니, 내일 소풍 간대요."

"뭐? 또 소풍 가? 이거 큰일 났네. 일손도 바쁜데…. 이놈의 손아 내일 가는 걸 오늘 말하면 어떻게 해? 빨리 말을 해야 준비를 할 거 아냐? 읍내 시장가는 마을버스가 벌써 지나갔을 텐데…."

할머니가 난처한 표정을 지었다. 강식이는 뾰로통한 표정으로 방에 들어갔다.

"다녀왔습니다."

"어, 강식이 왔구나."

아버지가 힘겨운 얼굴로 강식이를 맞았다. 강식이는 아버지 곁으로 가서 앉았다.

"됐다. 힘 든다. 그만 가서 쉬어라. 아버지는 견딜 만하다."

아버지의 말이 끝나기가 무섭게 강식이는 기다렸다는 듯이 나가버렸다.

"왜 그냥 나와? 아버지 안 주물러 주고?"

할머니가 못마땅한 표정으로 말했다.

“아버지가 괜찮다고 하잖아요? 저도 힘들단 말이에요.”

강식이가 짜증스러운 표정으로 대꾸했다.

"에구, 내가 빨리 죽어야지. 어미라는 건 새끼 버리고 나가 버리고, 아비라는 건 산송장처럼 맨날 아파서 저렇게 누워 있으니. 늘그막에 내 팔자가 왜 이런지 모르겠네. 에구, 내 팔자…."

"어머니, 강식이 엄마가 강식이를 버린 게 아니라 제가 괴롭히니까 어쩔 수 없이 떠난 거라고 했잖아요."

아버지가 할머니에게 화를 내며 말했다.

"할머니, 아버지 얘기 들었지요? 우리 엄마가 저 버린 거 아니에요. 아버지가 엄마를 계속 때리고 괴롭히니까 엄마가 어쩔 수 없이 나간 거라고요."

강식이는 엄마한테 버림받았다는 소리를 가장 듣기 싫어했다.

"아이구! 그만하자. 전부 내 팔자가 더러워서 그렇지. 빨리 밭에 가서 물이나 줘라!"

할머니가 짜증을 내며 나가버렸다.

강식이는 갑자기 무슨 생각이 난 듯 아버지에게 다가갔다. 그리고 허벅지를 주무르기 시작했다.

"강식아. 힘 든다. 안 해도 된다는 데 그러는구나."

잠시 뒤, 방에 온 강식이는 두 손을 동그랗게 만들어서 뭔가 생각하는 표정을 지었다.

'아빠 허벅지 두께가 많이 줄었어. 아빠가 점점 말라서 엄마 괴롭힐 힘이 없어져야 해. 그래야 엄마가 집에 돌아오실 수 있어.'

강식이는 소풍 가는 게 가장 싫었다. 그래서 제발 비가 오라고 빌었다. 그러나 소풍날은 항상 햇볕이 쨍쨍했다.

애들이 즐거운 표정으로 걸어가고 있었다. 엄마들도 뒤를 따랐다. 아이들이 한 번씩 뒤에 오는 엄마를 쳐다보며 뿌듯한 표정을 지었다. 강식이는 그 모습이 보기 싫어 일부러 먼 산을 쳐다보며 걸었다. 즐거운 점심시간이 시작되었다. 강식이에게는 가장 괴로운 순간이었다. 할머니가 싸준 것은 달랑 도시락 하나였다. 무게만

느껴 봐도 그 안에 뭐가 들었는지 단번에 알 수 있었다. 맨 김에 밥을 싸서 간장을 찍은 것과 달랑 계란 두 개. 작년에도 똑같았으니까. 다른 애들을 슬쩍 보니 속이 꽉 채워진 김밥과 맛있는 음식들을 펴 놓고 입이 터지게 먹고 있었다. 엄마들은 그 모습을 흐뭇한 표정으로 보고 있었다.

'씨! 저까짓 거 하나도 부럽지 않아. 나도 곧 엄마가 오시면 저것보다 더 맛있는 거 먹을 거야.'

강식이는 일부러 오줌이 마렵다는 핑계를 대고 아이들이 보이지 않는 수풀 속으로 뛰어갔다. 고소한 김밥 냄새가 여기까지 나는 것 같아 군침이 돌았다. 강식이는 도시락을 열고 냄새를 맡아 보았다. 고소한 냄새는 눈곱만큼도 나지 않았다. 맛없게 생긴 김밥들이 도시락 한쪽에 덕지덕지 붙어 있었다.

'에이 씨! 누가 이딴 걸 먹어.'

강식이는 도시락을 수풀 속으로 던져버렸다. 그리고 쪼그리고 앉아서 개미들이 김밥에 달라붙는 것을 지켜보고 있었다. 배에서는 계속 꼬르륵 소리가 났다. 후회

하는 마음도 들었지만, 이젠 어쩔 수 없었다. 배가 고플수록 엄마 생각이 더 났다.

점심시간이 끝나고 보물찾기가 시작되었다. 아이들은 보물을 찾으러 뿔뿔이 흩어졌다. 주변에 앉아 있던 엄마들도 아이들을 따라 슬슬 움직이기 시작했다. 점심을 거른 강식이는 기운이 없어서 그대로 앉아 있었다.

"김강식! 너는 여기서 뭐 하고 있니? 빨리 보물 찾으러 가거라."

선생님이 다그치는 바람에 강식이는 어쩔 수 없이 일어나서 보물을 찾으러 갔다. 여기저기서 아이들과 엄마들이 소곤거리는 소리가 들렸다.

"야! 이런 곳을 뒤져 봐야지."

승철이 엄마가 나무 밑에 있는 돌 하나를 집어 들었다. 하얀 쪽지가 있었다.

"봐! 있지. 얼른 집어라."

승철이 엄마는 혹시 다른 사람이 볼까 봐 주변을 두리번거리며 재촉했다. 승철이가 재빨리 보물쪽지를 들고 펴 보았다. 이등 상이었다.

"앗! 아야!" 하며 재식이가 넘어졌다. 재식이 엄마가 재식이에게 달려왔다.

"엄마, 발 아파. 잘 못 걷겠어요. 보물 찾아야 하는데…."

재식이가 엄살을 부리며 찡그린 표정으로 말했다.

"이런, 어디 봐. 넌 여기 앉아 있어. 내가 찾아볼게."

잠시 후 엄마가 재식이에게 달려와서 귓속말로 소곤거렸다.

"우와! 정말? 그걸 어디서 찾았어?"

"쉿, 조용해! 엄마가 찾았다고 하면 안 돼. 나뭇잎 밑에 있었어."

강식이는 마음이 급해졌다. 승철이 엄마처럼 나무 밑에 돌도 뒤집어 보고, 재식이 엄마처럼 나뭇잎도 뒤적여 보았다. 그러나 보물 쪽지는 없었다. 시간이 다 되었다는 호루라기 소리가 들렸다. 아이들이 의기양양하게 모여들었다. 쪽지에 적힌 상품을 받아 가라는 선생님의 말씀에 아이들이 하나둘 상품을 받으러 나갔다. 이등 상으로 레고를 받은 승철이는 입이 찢어질 것처럼 좋아했다. 자기 엄마 쪽을 보며 손가락으로 브이 표시를 했다. 재식이는 일등상으로 변신 로봇을 받았다. 아이들이 "와!" 하고 함성을 질렀다. 강식이는 재식이가 너무 부러웠다. 강식이가 꿈에도 가질 수 없는 로봇이었다. 강식이가 가지고 있는 장난감은 입학식 때 아버지가 선물로 사준 손으로 움직이는 자동차가 전부였다. 얼마 후 평소에도 사이가 좋지 않던 재식이가 강식이를 보며 비아냥거리듯이 말했다.

"넌 하나도 못 찾았구나. 아이구 불쌍해. 이거 한 번만 만지게 해 줄까?"라며 강식이 손에 꿈틀거리는 변신 로봇을 갖다 대었다.

"저리 치워!"

강식이가 기분 나쁜 표정을 지으며 말했다.

“야! 만져 보라고 할 때 만져 봐. 넌 이런 거 살 수도 없잖아. 돈도 없으면서….”

재식이는 또다시 강식이의 손에 꿈틀거리는 변신 로봇을 갖다 댔다.

“저리 치우지 못해!”

강식이가 거칠게 뿌리쳤다. 그 바람에 로봇이 바닥에 떨어졌다. 재식이가 깜짝 놀라며 소리쳤다.

“엄마! 로봇 팔이 부러졌어.”

재식이 엄마가 달려왔다.

“이걸 어떡해. 어떡하다가 부러졌어?”

“쟤가 바닥에 던졌어.”

“뭐라고?”

흥분한 엄마가 강식이를 쏘아보며 말했다.

“너, 왜 던졌어? 뭐 이런 애가 다 있어? 네 엄마 어딨니?”

재식이 엄마가 강식이를 다그쳤다.

“재식이가 하지 말라고 해도 계속 놀렸단 말이에요.”

재식이 엄마는 강식이 말은 듣지도 않고 계속 나무랐다.

"너는 친구가 장난 좀 친다고 장난감을 던지니?"

시끄러운 소리에 선생님이 달려왔다. 재식이 엄마 얘기를 들은 선생님이 강식이를 쏘아 보며 말했다.

"강식이 너, 내일 선생님한테 오너라."

강식이는 너무 억울한 생각이 들었다.

'엄마가 없어서 그래. 엄마만 있었으면 보물도 찾아주고 선생님한테 재식이가 잘못했다고 말해줬을 텐데.'

강식이는 엄마 생각이 날 때마다 아버지가 미웠다. 갑자기 아버지에게 괴롭힘을 당하는 엄마의 모습이 상상되었다.

아버지가 엄마에게 주먹을 쥐고 위협을 하고 있고, 엄마는 바들바들 떨면서 강식이를 안고 울고 있었다. 결국 엄마는 눈물을 흘리며 대문을 나서고 있었다.

"엄마! 가지 마!"

강식이의 눈에 눈물이 맺혔다.

소풍이 끝났다. 강식이는 창백한 표정으로 집에 돌아왔다. 아버지가 반갑게 맞아 주었다. 강식이가 아버지를 쏘아보며 말했다.

"아버지, 엄마 언제 데려오실 거예요? 제발 엄마 좀 데려오세요."

"강식아, 네가 조금만 더 크면 오실 거야."

"언제요? 맨날 똑같은 소리만 하잖아요. 아버지는 거짓말쟁이예요. 맨날 다음에, 다음에라고만 하고 데리러 가지도 않으면서. 제발 좀 빨리 데리고 오세요."

강식이가 원망스럽게 아버지를 보며 소리쳤다.

"강식아, 조금만 더 기다려라. 네가 조금만 더 크면…."

"전부 아버지 잘못이에요. 아버지 때문에 못 오시는 거잖아요. 아버지가 무서워서 못 오시는 거잖아요!"

강식이가 집을 뛰쳐나갔다.

"강식아! 강식아!"

따라 일어나려던 아버지가 가슴을 움켜잡고 바닥에 주저앉았다.

집에서 나온 강식이는 뛰고 또 뛰었다. 가는 도중에 친구 몇 명이 말을 걸었지만, 그냥 지나쳐 버렸다. 강식이는 냇가 위쪽 언덕에 있는 보금자리에 앉았다. 그곳은 나뭇가지로 지붕과 벽을 만들고 바닥에는 마른 솔잎이 깔려 있었다. 그 속에 앉아 있으면 편안한 느낌이 들었다. 엄마가 보고 싶을 때면 항상 찾아오는 곳이었다. 냇물에 햇살이 반짝이는 것을 보고 있으면 이상하게 엄마 품에 안긴 것처럼 편안했다. 훌쩍이다 지친 강식이는 자기도 모르게 곧 잠이 들었다. 어느덧 어둠이 내리기 시작했다.

날이 어두워지자 아버지는 초조해지기 시작했다. 고통스러워 하면서도 힘겹게 전등을 들고 밖으로 나갔다. 아이들은 대부분 집으로 돌아가고 남은 몇 명의 아이들도 집으로 돌아가고 있었다.

"얘들아, 우리 강식이 못 봤니?"

아버지가 초조한 표정으로 물었다.

"강식이 냇가 쪽으로 가던데요."

아버지는 갑자기 얼마 전에 모래를 퍼내기 위해 냇물 바닥을 깊게 팠다는 마을 사람들의 얘기가 떠올랐다. 아버지는 절룩거리며 냇가로 급히 달려갔다. 냇가에 강식이는 보이지 않았다.

"강식아, 강식아…."

아버지는 산 쪽과 반대편을 전등으로 비추며 계속 강식이를 불렀다. 깊은 잠에 빠진 강식이의 귀에 아버지의 목소리가 어렴풋이 들렸다. 강식이는 대답하려고 하다가 눈을 더 꼭 감아버렸다. 두 손으로 귀도 막아버렸다. 엄마를 괴롭히는 아버지의 모습이 떠올랐기 때문이다.

'아버지도 엄마가 얼마나 힘들었는지 알아야 해.'

강식이는 다시 깊은 잠에 빠져들었다. 한편 아버지는 물에 들어가서 여기저기를 전등으로 비추며 강식이를 불렀다. 아버지의 목소리는 이미 쉬어 있었다. 그때였다.

"아이쿠!"

아버지가 냇물에 넘어졌다. 미끄러운 돌을 잘못 밟았기 때문이다. 힘이 빠진 아버지는 한참을 물속에 앉아 있다가 손을 짚고 겨우 일어났다. 그리고 냇가 아래쪽으로 계속 강식이를 찾아다녔다. 아버지는 더욱더 절룩거렸다.

"강식아, 강식아…. 어디 있니…? 강식아!"

아버지는 강식이 친구 집으로 갔다. 강식이가 있을 만한 곳을 물어보고 다시 냇가 쪽으로 걸어갔다. 강식이의 친구가 말해준 길로 한참을 더듬어서 가자 어둠 속에 검은 형체가 보였다. 강식이었다.

아버지는 깊이 잠이 든 강식이를 내려다보았다. 강식이를 깨우려다가 그만두었다. 아버지는 힘든 몸을 이끌고 다시 집으로 가서 이불과 우유 하나를 챙겨왔다. 강

식이에게 이불을 덮어주고 함께 누웠다. 그리고 가만히 손을 잡으려는데

"엄마, 엄마…. 보고 싶어요. 엄마!"

강식이가 잠꼬대를 했다. 아버지는 눈시울을 붉혔다.

다음 날, 아버지는 일찍 읍내로 나갔다. 그리고 부동산 중개소에 들렀다.

"네, 팔아 보긴 하겠습니다만, 산자락에 있는 조그마한 땅덩이가 무슨 돈이 될지…?"

"그래도 꼭 좀 팔아 주십시오. 제가 돈이 급해서…."

아버지는 여러 번 부탁을 한 후에 부동산 중개소를 나왔다. 그리고 병원 쪽으로 걸어갔다.

병원에 들어가려던 아버지가 걸음을 멈추었다. 주머니에서 돈을 꺼내 보며 한참 동안 망설이던 아버지는 결국 발걸음을 돌렸다. 그러나 얼마 못 가서 가슴을 손으로 움켜쥐고 인상을 쓰며 쪼그리고 앉았다. 아버지

는 고개를 돌려 다시 병원 쪽을 쳐다보았다. 그러나 잠시 뒤 다시 가던 길을 걸어가기 시작했다.

그렇게 한참을 걸어간 아버지가 멈춘 곳은 가게 앞이었다. 아버지는 가게 안에 들어가서 커다란 과자 상자를 사가지고 나왔다. 아버지는 그 상자에 사인펜으로 "강식아, 많이 먹어라."라고 적어서 강식이 방문 앞에 놓아두었다.

얼마 후, 학교에 갔다 온 강식이가 과자 상자를 발견했다. 강식이는 아버지 방문 쪽을 보며 소리쳤다.

"누가 이딴 거 사달래요? 엄마 데려오라고 했지."

강식이는 발로 박스를 밀쳐버렸다.

얼마 후 할머니가 한 통의 전화를 받고 흥분한 표정으로 아버지에게 소리쳤다.

"애비야! 너 선산 팔려고 부동산에 내놓았다면서? 왜 그랬냐?"

아버지가 난처한 표정으로 말했다.

"어머니, 죄송합니다. 강식이가 제 엄마를 찾아서…."

"절대로 안 된다. 그 조그만 땅덩어리마저 없으면 너나 나나 죽어서 묻힐 데도 없어."

할머니가 고래고래 고함을 질렀다. 아버지는 어두운 표정으로 듣고만 있었다.

그날도 아버지는 학교에서 돌아온 강식이를 반갑게 맞아주었다. 그러나 강식이는 싸늘한 표정으로 아버지를 쳐다보지도 않은 채 방으로 들어가 버렸다. 아버지 얼굴을 보면 자꾸 엄마 생각이 떠올라 아버지가 계속 더 미워지기 때문이었다. 강식이는 오늘 학교에서 있었던 일이 생각났다.

"애들아, 우리 엄마가 얘기하던데, 강식이 엄마가 강식이를 버리고 도망간 거래."

재식이가 큰 소리로 아이들에게 떠들어댔다.

"아냐! 우리 아버지가 괴롭혀서 어쩔 수 없이 나간 거야! 나를 버린 게 아니란 말이야! 곧 돌아오실 거야!"

강식이는 재식이 때문에 화가 나서 점심도 먹지 않았다. 뱃가죽이 등에 달라붙은 채 집으로 돌아왔다. 말할 힘도 없었다. 아버지가 저녁 먹으라고 부르는 소리가 들렸지만 대답하지 않았다. 그냥 방바닥에 엎드렸다. 잠시 후, 강식이의 어깨가 들썩거리기 시작했다.

"엄마! 엄마! 보고 싶어요. 너무 보고 싶어요. 흑흑!"

강식이의 눈물이 방바닥에 떨어졌다. 강식이의 흐느끼는 소리를 밖에서 들은 아버지의 눈에도 눈물이 고였다.

강식이가 시끄러운 소리에 잠을 깼다. 밖을 내다보니 캄캄한 밤중이었다. 오랫동안 잔 모양이다. 마루에 아버지가 전화기를 잡고 있었다.

"강식이가…. 알았어. 그만 끊어!"

아버지가 화를 내며 전화를 끊어버렸다. 갑자기 강식이가 벌떡 일어났다.

“아버지! 혹시 엄마하고 통화한 거예요?”

강식이가 흥분된 표정으로 소리쳤다. 아버지는 말없이 강식이를 바라보았다.

“엄마가 저 보러 오신다죠? 오늘 밤에 오신대요?”

강식이가 소리쳤다.

“그게 아니고….”

“왜요? 내일 오신대요?”

“못 온단다.”

“못 오신다고요? 왜요? 무엇 때문에요?”

“어, 엄마가 좀 아…파서 다…음에 오신단다.”

강식이는 더듬거리는 아버지의 표정을 살펴보았다.

“거짓말이죠? 아버지가 괴롭히니까 무서워서 못 오시는 거잖아요.”

강식이가 핏대를 세우며 소리쳤다. 아버지는 가만히 어둠 속만 쳐다보고 있었다.

"아버지, 미워요. 저도 엄마 손잡고 소풍 가고 싶단 말이에요. 흑흑."

강식이는 방으로 뛰어들어 갔다. 방바닥에 누워 엉엉 울다가 잠이 들었다.

다음 날 아침, 아버지가 부르는 소리가 들렸다. 일부러 대답을 하지 않고 그대로 누워있었다.

"강식아, 일어나서 밥 먹어라."

대답이 없자 아버지가 힘겨운 모습으로 방에 들어왔다. 아버지가 강식이 얼굴을 쓰다듬으며 말했다.

"야, 이놈아. 빨리 밥 먹어야 엄마 만나러 갈 거 아냐?"

강식이가 발딱 일어났다.

"아버지, 엄마 못 오신다고 했잖아요. 그런데 어떻게…?"

"어 그게. 네가 워낙 떼를 쓰니까 내가 다시 전화해서 너를 엄마한테 보내기로 했다."

"제가 엄마한테 간다고요?"

"그래. 조금 있으면 옆집 아저씨가 오실 거다. 그분이 그곳에 가는 길에 너를 데려다 주실 거다. 그러니 빨리 밥 먹고 준비해라."

강식이는 갑자기 기분이 공중에 붕 뜨는 것 같았다. 엄마를 처음으로 만날 생각에 가슴이 벅차올랐다. 마음이 들떠 밥은 먹는 둥 마는 둥 하고 세수를 깨끗이 했다. 엄마가 '내 아들!' 하고 감격하여 뽀뽀를 할 것 같았기 때문이다. 조금 있으니 이웃집 아저씨가 왔다. 아저씨가 한참을 달려서 어느 건물 앞에 차를 세웠다. 아저씨가 쪽지를 내밀며 말했다.

"내가 작은 글씨가 잘 안 보여서 그러는데, 쪽지에 적힌 글과 이 건물 간판이 같은지 한 번 봐라."

강식이는 쪽지를 보고 고개를 들어 간판을 쳐다보았다.

"맞는데요."

"아, 맞게 온 모양이네. 너 여기 들어가서 기다리고 있어라. 그럼 네 엄마가 오실 거다."

강식이는 건물 문을 열고 들어가서 두리번거리고 있었다.

"너 누구 만나러 왔니?"

어떤 아줌마가 와서 말했다.

"우리 엄마 만나러 왔는데요."

"엄마? 엄마 이름이 뭔데?"

"모르겠는데요. 그냥 여기서 기다리면 된다고 해서…."

"그럼, 이 앞쪽에 앉아 있어라."

강식이는 조심스럽게 의자에 앉아 출입문을 쳐다보았다. 잠시 후 어떤 아줌마가 들어왔다. 그 아줌마는 잠시 두리번거리더니 강식이 쪽으로 걸어왔다. 강식이도 긴장한 표정으로 쳐다보고 있었다.

"네가 강식이니?"

아줌마가 웃으며 말했다.

"네."

"강식아! 내가 네 엄마다. 많이 컸구나."

엄마가 강식이를 꼭 껴안아 주었다. 꿈에도 그리던 엄마지만 진짜 만나니까 실감이 나지 않았다. 엄마는 감격한 눈빛으로 강식이의 얼굴을 쓰다듬어 주었다. 강식이는 꿈을 꾸고 있는 것 같았다. 시간이 지나면서 자신이 진짜 엄마를 만났다는 실감이 점점 들기 시작했다. 강식이는 엄마 품에 꼭 안겨 있었다. 이제 엄마라는 소리도 나오기 시작했다.

"엄마! 조금만 참으세요. 제가 빨리 힘이 세져서 아버지가 엄마 괴롭히는 걸 막아드릴게요."

엄마는 조용히 웃고 계셨다. 얼마의 시간이 더 지난 후 아저씨가 데리러 왔다. 엄마는 다음에 또 만나자고 하시면서 강식이를 꼭 안아주었다. 엄마가 떠나는 차를 보며 계속 손을 흔들어 주었다. 강식이는 엄마와 헤어지는 게 슬펐지만 괜찮았다. 이제 조금 있으면 엄마와 한집에 같이 살 수 있을 테니까.

다음 날 체육 시간, 다른 남자애들은 모두 축구를 하고 있는데, 강식이는 팔굽혀 펴기를 하고 철봉에 매달려 있었다.

"야, 강식아! 인원이 부족해. 너도 같이하자."

강식이는 잠시 망설이다가 이내 체념하는 표정으로 말했다.

"안 돼. 난 힘을 세게 하는 운동을 계속 해야 해."

강식이는 점점 가늘어져 가는 아버지의 허벅지를 생각했다.

'얼마 남지 않았어. 빨리 힘이 세져서 엄마를 아버지로부터 보호해줘야 해. 그래야 엄마가 돌아오시지.'

그렇게 몇 달이 지나갔다. 매일 잘 때마다 엄마 생각이 났지만 힘이 세질 때까지는 어쩔 수 없었다. 교실 뒤쪽에 걸려있는 거울 앞에 섰다. 오른팔을 굽혀서 알통이 나오게 했다. 제법 볼록한 게 만족스러웠다.

'그래, 오늘이야. 오늘 한 번 해보는 거야.'

강식이는 집에 오자마자 아버지를 찾았다. 아버지가 매우 수척한 모습으로 반겨 주었다.

"아버지, 오늘 저랑 팔씨름 한 번 해요."

"팔씨름? 다음에 하면 안 되겠니?"

아버지가 힘없는 목소리로 말했다.

"전 오늘 꼭 하고 싶은데…."

강식이가 실망스런 표정을 지었다. 아버지는 힘없는 표정으로 강식이를 쳐다보았다.

"그래, 한 번 해보자. 우리 아들이 얼마나 힘이 센지?"

아버지는 하얀 얼굴에 희미한 표정을 지으며 말했다. 강식이와 아버지는 서로 엎드려 손을 잡았다.

"시작."

강식이가 핏대를 세우며 용을 썼다.

갑자기 아버지가 "쿨룩!" 하고 기침을 했다. 아버지의 팔이 힘없이 땅바닥에 닿아버렸다.

"이겼다. 만세!"

강식이가 소리쳤다. 아버지는 기뻐하는 강식이를 보며 희미하게 웃었다. 강식이는 가슴이 설레어 잠이 잘 오지 않았다. 기뻐하는 엄마 얼굴이 떠올랐다.

'엄마! 이제 같이 살 수 있어요. 제가 아빠를 이겼단 말이에요. 오늘 당장 집으로 돌아오세요.'

강식이가 소풍을 가고 있었다. 엄마가 함빡 웃으며 맛있는 김밥을 강식이 입에 넣어 주었다. 강식이도 행복한 눈빛으로 엄마를 쳐다보며 입을 볼록볼록 움직였다.

"엄마!"

강식이가 눈을 떴다. 꿈이었다. 그렇지만 엄마 생각은 계속 났다. 아직 밖은 조용했다. 아버지와 할머니는 아직 깨지 않은 모양이다. 갑자기 강식이가 벌떡 일어났다. 그리고 간이 옷장 속에 보관되어 있던 외출복 주머니를 뒤지기 시작했다. 주머니에 있던 메모지를 발견하고 기쁜 표정을 지었다. 그리고 방구석에 있던 돼지저금통을 가위로 잘랐다. 강식이는 자기 옷 중에서 가장 깨끗하고 좋은 외출복을 입고 발소리가 나지 않게 살금살금 밖으로 나왔다. 그리고 버스 타는 곳으로 뛰어갔다.

버스를 기다리는 아주머니에게 메모지를 보여주며 이곳에 어떻게 갈 수 있느냐고 물었다.

"네가 여기를 혼자 간다고?"

아주머니가 놀란 표정으로 말했다.

"네. 꼭 가야 해요. 우리 엄마가 애타게 기다리시거든요."

강식이가 다급한 목소리로 말했다.

친절한 아주머니가 버스를 태워 주었다. 그렇게 몇 번을 갈아타고 엄마와 만났던 건물에 도착했다.

강식이가 출입문을 열고 들어갔다. 아주머니가 다가왔다.

"우리 엄마 찾아왔는데요."

"여기서 엄마 만나기로 했니?"

"…네."

강식이가 얼떨결에 대답했다.

"그럼 저기 앉아 기다려라."

강식이는 전에 앉았던 자리에 앉았다. 그리고 출입문

을 계속 지켜보았다. 한참이 지나도 엄마는 보이지 않았다. 아주머니가 자꾸 눈치를 주어서 출입문 밖에 나가서 기다렸다. 마음속으로 엄마를 만나게 해달라고 계속 빌었다. 그렇게 몇 시간이 흘렀다. 그런데 진짜 마법 같은 일이 벌어졌다. 엄마가 저쪽에서 걸어오고 있었다. 강식이가 활짝 웃으며 달려갔다.

"엄마!"

엄마가 강식이를 한 번 쳐다보더니 그냥 지나가 버렸다. 엄마가 못 본 것 같았다. 강식이는 다시 뛰어갔다. "엄마!" 하고 큰 소리로 불렀다.

엄마가 걸음을 멈추고 뒤돌아보았다.

"엄마, 저 강식이에요."

강식이가 애타는 표정으로 말했다.

"너, 지금 나한테 엄마라고 한 거니?"

엄마가 이상하다는 표정으로 말했다.

"네. 엄마! 저 강식이란 말이에요."

엄마는 고개를 갸우뚱했다.

“네가 사람을 잘못 본 모양이다.”

엄마는 다시 건물 쪽으로 걸어가기 시작했다.

‘분명히 엄마가 맞는데. 맞는데….’

강식이는 충격받은 표정으로 우두커니 서 있었다.

“얘!”

엄마가 돌아보며 불렀다. 강식이가 긴장된 표정으로 쳐다보았다.

“가만히 생각해 보니 몇 달 전에 만났던 그 애구나. 너희 아버지가 사정이 딱하다고 가짜 엄마를 해달라고 해서 내가 잠시 네 엄마 역할을 한 거야.”

“네? 가짜 엄마도 있나요?”

강식이가 얼이 빠진 표정으로 말했다.

“그래. 그런 게 있단다.”

강식이는 집으로 돌아오는 버스 안에서 멍하니 창밖만 보고 있었다. 도저히 이해가 되지 않았다. 머리가 너무 혼란스럽고 울적했다.

‘가짜 엄마라니! 가짜 엄마….’

강식이는 어두워져서야 집에 도착했다. 이상하게 집이 조용했다.

"강식아! 너 어디 갔다가 이제 왔니?"

이웃집 아주머니가 다급한 목소리로 말했다.

"그냥 어디 좀…."

"빨리 가자. 나를 따라오너라."

아주머니는 강식이를 큰 병원으로 데리고 갔다. 거기에는 동네 사람들이 많이 모여 있었다. 저쪽에 엎드려 있던 할머니가 강식이를 보고 달려왔다.

"야, 이놈아! 어디 갔다가 이제 왔냐? 니 애비가 너를 얼마나 찾았다고."

"아버지가 왜요?"

"아이구! 아이구!"

할머니는 그 자리에 털썩 주저앉으며 탄식만 하고 있었다.

"강식아! 네 아버지 돌아가셨다."

옆에 있던 큰고모가 울면서 말했다.

"네? 돌아가시다뇨?"

"죽었단 말이다."

"뭐라고요?"

강식이는 넋을 잃은 표정으로 멍하니 서 있었다. 할머니가 강식이 손을 잡고 울고 계셨다.

"야, 이놈아. 오늘따라 어디 갔었어? 니 애비가 너를 얼마나 애타게 찾은 줄 알아? 흑흑. 마지막으로 아버지 손이라도 잡아 줬어야지…. 흑흑."

강식이는 얼굴이 하얗게 되어 고개를 푹 숙였다.

"아이구, 불쌍한 우리 오빠. 어미란 건 남편 돈 못 벌고, 자식새끼 다리 병신이라고 도망가버리고, 강식이가 그렇게 보고 싶어한다고 얘기해도 어미란 게 제 속으로 낳은 자식도 보기 싫다고 하니…. 싹싹 빌며 사정사정하던 오빠 마음고생이 오죽했겠어. 가난한 집 장남이 무슨 죄인인가? 아버지가 남긴 빚 다 갚고, 강식이 다리 고친다고 돈 다 써버리고 자신은 심장이 아파 숨을 못 쉬어도 변변하게 병원 한번 못 갔으니 죽는 수 밖에…. 아이구 불쌍한 우리 오빠….”

“언니! 왜 애 앞에서 그런 소릴 해? 오빠가 강식이 앞에서 그런 소리 절대로 하지 말라고 했잖아.”

작은고모가 강식이의 눈치를 살피며 큰고모를 나무랐다.

“뭐 어때? 아무리 어려도 알 건 알아야지! 자식 버리고 팔자 고치겠다고 간 그년은 에미도 아냐. 아이구 불쌍한 우리 오빠….”

흥분한 큰고모가 소리를 꽥 질렀다. 강식이는 말없이 듣고만 있었다.

얼마간의 시간이 흐른 후, 이웃집 아저씨가 강식이를 소독약 냄새가 나는 방으로 데리고 갔다. 받침대 위에 흰 천을 덮어 놓은 것이 보였다. 강식이는 두려운 표정으로 그것을 쳐다보았다.

“강식아! 네 아버지다.”

강식이는 충격받은 표정으로 서 있었다.

"네 손으로 천을 걷어 봐라! 아버지 얼굴 한 번 봐야지. 아버지와 마지막으로 보는 거다."

강식이는 한참을 멍하니 서 있다가 떨리는 손으로 천을 걷었다. 노란색의 아버지가 누워 있었다. 한참을 쳐다봐도 아버지는 말이 없었다. 예전 같으면 "강식이 다녀왔냐. 씻고 쉬어라."라고 했을 텐데, 오늘 아버지는 눈을 감고 아무 말이 없었다.

"참, 아버지 손을 한 번 봐라. 죽기 전에 미리 너한테 할 말을 적었는지 저 편지를 주먹으로 꼭 쥐고 있더라. 그래서 그냥 그대로 두었다."

강식이는 천천히 흰 천을 더 걷어냈다. 뼈만 남은 앙상한 손이 드러났다. 아버지 손목이 이렇게 가는 것을 처음 봤다. 아버지가 늘 옷을 입고 계셨기 때문이다.

아버지는 하얀 편지를 주먹으로 꼭 쥐고 있었다. 강식이는 아버지 주먹을 조심스럽게 풀고 편지를 꺼내어 호주머니에 넣었다.

"자, 됐다. 그만 나가거라. 상주인 네가 봤으니까 이제 입관[2]을 할 거다."

강식이는 멍한 표정으로 걸어 나왔다. 그리고 한쪽 구석으로 가서 가만히 앉아 있었다. 한참을 그렇게 있다가 주머니에서 편지를 꺼냈다.

『강식아! 너에게 정말로 미안하구나. 아버지가 못나서 너를 엄마 없는 아이로 만들었구나. 네 엄마는 좋은 사람이었다. 이 아버지가 너무 괴롭혀서, 그래서 어쩔 수 없이 집을 나갔다. 엄마는 너를 무지 사랑하고 있다. 나중에 네가 크면 언젠가는 엄마를 만나게 될 거다. 엄마하고 행복하게 잘 살아라……. 아버지가 너무 가난해서 미안하구나. 내가 빚을 다 갚고 나니 남은 돈이 이만 원뿐이구나. 이걸로 네가 아기 때 아버지, 엄마와 함께 맛있게 먹었던 읍내 짜장면집에 가서 짜장면 곱빼기

2 입관 죽은 사람을 관 속에 넣음(출처: 네이버 어학사전)

사 먹어라….』

강식이는 마음속으로 소리쳤다.

'칫! 거짓말! 엄마는 나를 사랑하고 있지 않아. 나를 버리고 도망간 걸 나도 알아, 안단 말이야! 아버지가 나 때문에 일부러 거짓말한 거잖아.'

다음 날! 아버지가 떠나는 날이다.

아침부터 회색 영구차가 서 있었다. 차 뒤쪽의 문이 열리고 붉은 천에 덮인 아버지가 태워졌다. 할머니와 고모들의 통곡 소리가 이어졌다. 차는 얼마간을 달려 시골집에 도착했다. 집 앞 공터에는 울긋불긋한 꽃들이 꽂혀있는 상여가 놓여 있었다. 잠시 후 아버지는 꽃상여에 실려졌다. 그때 어떤 아저씨가 전화하는 소리가 강식이에게 들렸다.

"땅은 다 파 놓았지? 한 시간 정도면 도착할 거야. 그래, 빨리 묻고 끝내야지."

'끝? 끝이라고?'

갑자기 강식이가 방으로 뛰어들어 갔다. 아버지에게 답장편지를 할 수 있는 마지막 순간이라는 생각이 들었기 때문이다. 앉은뱅이책상에 앉아 생각나는 대로 빨리 써 내려갔다. 밖이 소란스러웠다.

"그 애 어디 갔어? 상주 말이야. 시간 없는데 어디 간 거야?"

"상주가 없으면 출발을 할 수 없단 말이야. 빨리 찾아 봐!"

자기를 찾는 아저씨들의 소리가 점점 크게 들렸다. 강식이는 '끝'이라는 소리가 머리에 맴돌아 정신없이 써 내려갔다.

"야! 여기서 뭐 해?"

아저씨가 화난 표정으로 소리를 질렀다. 그러나 강식이는 쓰던 것을 멈추지 않았다. 이것이 끝이기 때문이다.

"야! 내 말 안 들려!"

아저씨가 더 크게 소릴 질렀다. 그때 나이 많은 아저씨가 말리며 말했다.

"어이, 잠깐만. 조금만 기다려 주지그래. 뭔지 모르겠지만, 사연이 있는 모양인데."

얼마간의 시간이 흐른 후 강식이가 밖으로 나왔다. 손에는 하얀 편지봉투가 들려져 있었다. 겉봉에는 "아버지께 아들 강식이 올림"이라고 쓰여 있었다.

강식이가 나이 많은 아저씨에게 다가갔다.

"아저씨, 이 편지를 아버지께 부치려면 어떻게 하면 돼요?"

"뭐?"

아저씨가 놀란 표정을 짓다가 진지한 강식이 얼굴을 보고는 곰곰이 생각하는 듯한 표정으로 바뀌었다.

"이렇게 하는 게 어떻겠냐? 이미 입관을 했으니 관을 열 수는 없고, 이 꽃상여 꽃 속에 꽂아 놓아라. 그러면 아버지가 저승길 가시면서 네 편지를 손에 꼭 쥐고 갈 거다."

"아저씨! 진짜지요? 그렇게 하면 아버지가 제 편지 볼 수 있지요?"

아저씨가 희미하게 웃으며 고개를 끄덕였다. 강식이는 크고 활짝 핀 흰 꽃 위에 조심스럽게 편지를 끼워 넣었다. 곧바로 꽃상여가 하늘 높이 들어 올려졌다.

'아버지! 편지 꼭 가지고 가세요. 제가 편지 봉투 속에 아버지 좋아하시던 누룽지도 몇 개 넣었어요. 배고프면 드세요.'

강식이가 고개를 들어 꽃상여를 쳐다보며 중얼거렸다.

"어~어홍.[3] 어~어홍. 돌아봐라 돌아봐라. 저 집이 내 집이다. 어~어홍. 어~어홍 생떼 같은 자식 밟혀 어이 가나…."

꽃상여가 서서히 움직이기 시작했다. 흔들흔들 움직이는 붉고 노란 꽃 사이로 하얀 편지봉투가 함께 흔들

---

3 어~어홍 대구 상엿소리 중 '오홍'을 '어~어홍'으로 변형

렸다. 흰 꽃인 듯 흔들렸다.

장례식이 끝나고 강식이는 할머니와 함께 집으로 돌아왔다. 아버지 방을 보니 텅 비어 있었다.

"할머니! 아버지 방이 텅 비었네."

할머니가 수척한 모습으로 강식이를 쳐다보았다.

"죽으면 텅 비는 거야. 빨리 문 닫아라. 더 울적해진다."

강식이는 가만히 방문을 닫았다. 그 후로 아무도 그 방문을 열지 않았다.

그렇게 한 달이 지났다. 강식이가 할머니 손을 잡고 읍내 중국집으로 걸어가고 있었다. 아버지가 말한 그 중국집 간판은 보이지 않았다. 다른 중국집 간판으로 바뀌어 있었다.

"할머니! 이 집은 아버지가 말하던 그 중국집이 아닌 것 같은데…. 이 집은 너무 깨끗한데…."

"괜찮다. 여기서 먹자. 그 중국집은 오래돼서 죽어버린 모양이다."

강식이와 할머니는 짜장면을 맛있게 먹었다. 강식이는 곱빼기를, 할머니는 보통을 먹었다. 강식이는 계산대 앞에 섰다. 오랫동안 가지고 있던 꼬깃꼬깃한 이만 원을 꺼냈다. 약간 주저하는 듯한 표정을 짓다가 계산을 했다. 강식이는 솜사탕을 먹으며 할머니와 집으로 돌아가고 있었다. 저 멀리 노을이 점점 더 붉게 물들어 가고 있었다.

"할머니! 저것 좀 보세요. 노을 중간에 배처럼 생긴 게 있어요."

"어, 진짜 그러네."

"강식아! 저 노을이 지면 곧 어둠이 오고…. 아마 저 노을 배가 저승 가는 사람들 태워가지고 가는 것 같다. 네 아버지도 저 배를 타고 저승 간 거 같구나."

할머니가 쓸쓸한 표정을 지으며 말했다.

"근데 할머니! 저 배가 엄청나게 큰데, 아직 사람들이 덜 타서 아버지가 저 속에 있을 수도 있겠네요.”

“글쎄. 그럴 수도 있겠구나.”

“그럼, 제가 부르면 아버지가 쳐다보실 수도 있겠네요.”

“그래. 그럴 수도 있겠구나.”

강식이가 노을을 보며 목청을 가다듬었다. 그리고 큰 소리로 외쳤다.

“아버지! 제 편지 읽어 보셨지요…? 아버지 주신 돈으로 할머니하고 짜장면 잘 먹었습니다. 돈이 남아서 솜사탕도 먹고 있습니다….”

노을 배가 서서히 사라지고 있었다.

‘아버지, 안녕히 잘 가세….’

갑자기 강식이가 집으로 달려가기 시작했다. 그리고 아버지 방문을 활짝 열었다. 먼지가 소복하게 쌓인 이불을 들어냈다. 그리고 방바닥에 아버지 모습을 크레용으로 그리기 시작했다. 동그란 얼굴에 만화에서 본 웃는 표정을

그리고, 뽀빠이처럼 힘이 센 굵은 팔과 튼튼한 다리도 그려 넣었다. 그리고 아버지의 커다란 손에 조그마한 자기 손을 올려놓았다.

'아버지, 가만히 생각해 보니까 그때 팔씨름 제가 이긴 게 아니라, 아버지가 기침을 해서 실수로 진 것이더라고요. 헤헤, 저는 아직 아버지 상대가 아니에요. 더 커서 진짜로 한 번 붙어 볼 생각입니다.'

보름달이 열린 문틈 사이로 강식이와 아버지를 환하게 비추고 있었다.

꽃상여 편지

펴 낸 날 2015년 10월 7일

지 은 이 이석선
펴 낸 이 최지숙
편집주간 이기성
편집팀장 이윤숙
기획편집 주민경, 윤은지, 박경진
표지디자인 주민경
책임마케팅 임경수
펴 낸 곳 도서출판 생각나눔
출판등록 제 2008-000008호
주 소 서울 마포구 동교로 18길 41, 한경빌딩 2층
전 화 02-325-5100
팩 스 02-325-5101
홈페이지 www.생각나눔.kr
이 메 일 webmaster@think-book.com

• 책값은 표지 뒷면에 표기되어 있습니다.
ISBN 978-89-6489-518-4
ISBN 978-89-6489-517-7 (세트) 04810

• 이 도서의 국립중앙도서관 출판 시 도서목록(CIP)은 서지정보유통지원시스템 홈페이지(http://seoji.nl.go.kr)와 국가자료공동목록시스템(http://www.nl.go.kr/kolisnet)에서 이용하실 수 있습니다(CIP제어번호: CIP2015026771).